Nikolaus Heidelbach   Ungeheuer

Für a.

Nikolaus Heidelbach

studio dumont

Ich lege Wert auf die Feststellung, kein Ungeheuer zu sein, sondern lediglich ein Unmensch.

G. de Rais d. J., ›Gerichtsprotokolle‹

Es war eine kolossale und grausenhafte Blasphemie, ein unsäglich verbotenes Ungeheuer mit infernalisch glühenden roten Augen, das in seinen skeletthaften Krallen einen lebenden Menschen umklammert hielt, dessen Kopf es, wie ein Kind, das sich an einer Zuckerstange gütlich tut, abknabberte. H. P. Lovercraft, ›Pickmans Modell‹

Man sollte sich langsam daran gewöhnen, daß die überwiegende Zahl der Ungeheuer nicht im mindesten daran interessiert ist, irgend jemanden zu erschrecken.

Volksmund

Allein der dem Auge sichtbare Teil gemahnte in seiner Dimension an Ungeheuerliches.

Goethe, ›Ungarische Reise‹

Von der Warte des Ungeheuers aus ist jede angebliche Ähnlichkeit desselben mit gewissen Menschen anmaßend und irreführend.

Th. C. Ritscher, 1798

Wahrscheinlich empfanden die Ungeheuer das Auftauchen des Menschen als nachhaltige Störung ihrer Identität, was ihr anfänglich brüskes Verhalten ihm gegenüber erklären würde.

Theo Graf Lausitz, ›Über das zunehmende Verschwinden der Ungeheuer‹, Leipzig, o. J.

In einer Zeit, in der jedermann peinlich darauf achtet, in Wort oder Bild vorteilhaft dargestellt zu werden und diesen Wunsch gegebenenfalls lautstark verficht, verwundert die Zurückhaltung der Ungeheuer diesbezüglich.

F. J. Fuchs, ›Sittengeschichte der Neuzeit‹

Der Schlaf der Ungeheuer hat Gründe.

›Bestiarium‹, Anonym, um 1800

Der gewaltige, grünlich-schwammig ausufernde Leib schien den gebührend kontrastierenden Rahmen für das etwa desserttellergroße, hochintelligente ›Gesicht‹ abzugeben, das in der Mitte des Ungeheuers seinen Platz hatte.

A. Fafner, ›Reisetagebücher‹ 1904–07

Es [das Ungeheuer] war etwa 100 Fuß lang und lächelte an beiden Enden.

Logbuch ›Carmen‹, 4. Mai 1761, Adm. Rodriguez

Wir beobachteten das Ungeheuer über längere Zeit hin täglich bei seinen Verrichtungen, konnten allerdings über sein Geschlechtsleben nichts Nennenswertes herausfinden, da es stets vorher das Licht löschte.

P. A. Cousteau, ›Ungeheuer‹

Vernünftige Ungeheuer gebären im Schlaf.

›Bestiarium‹, Anonym, um 1800

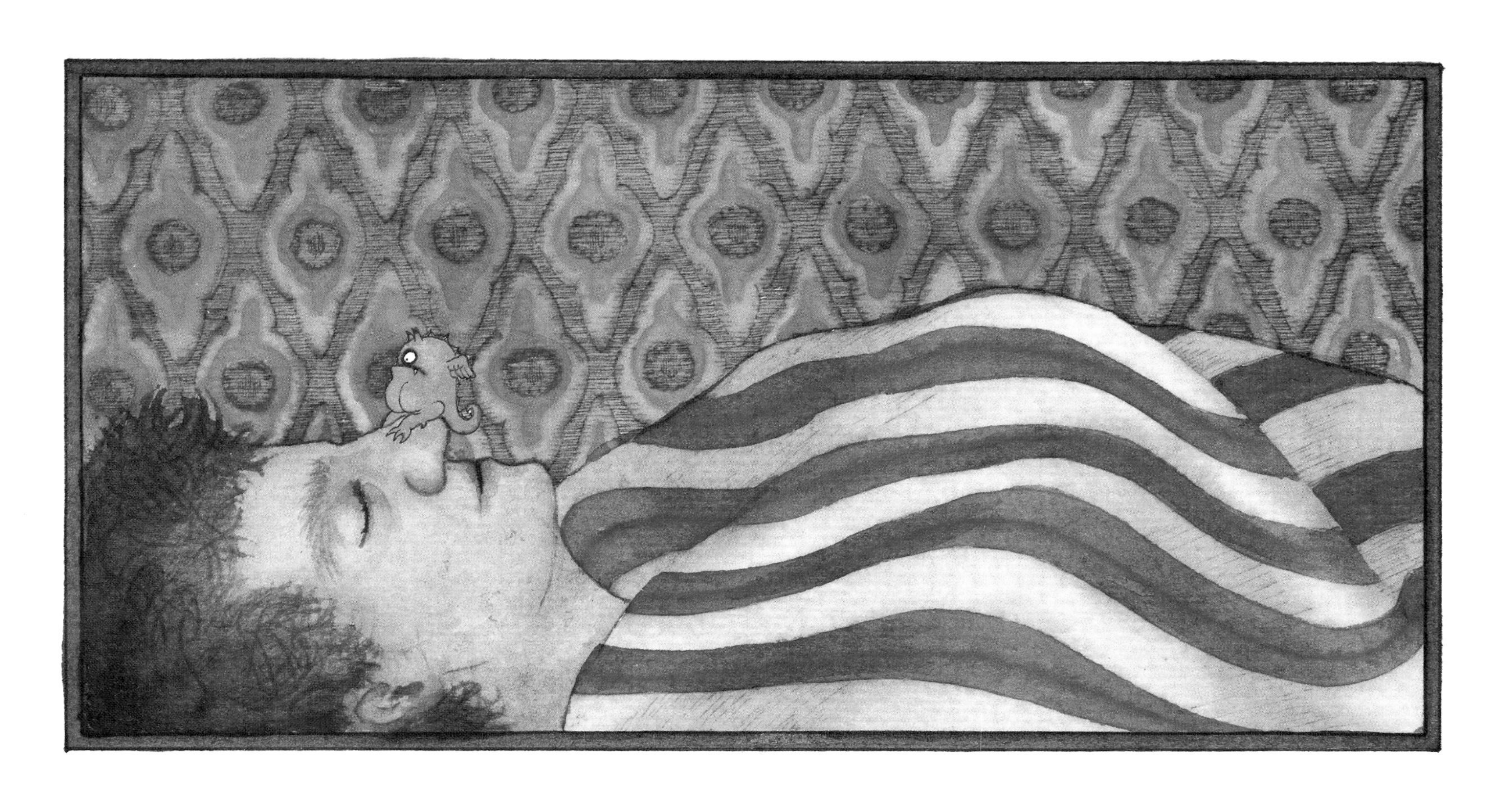

HALT
SAU

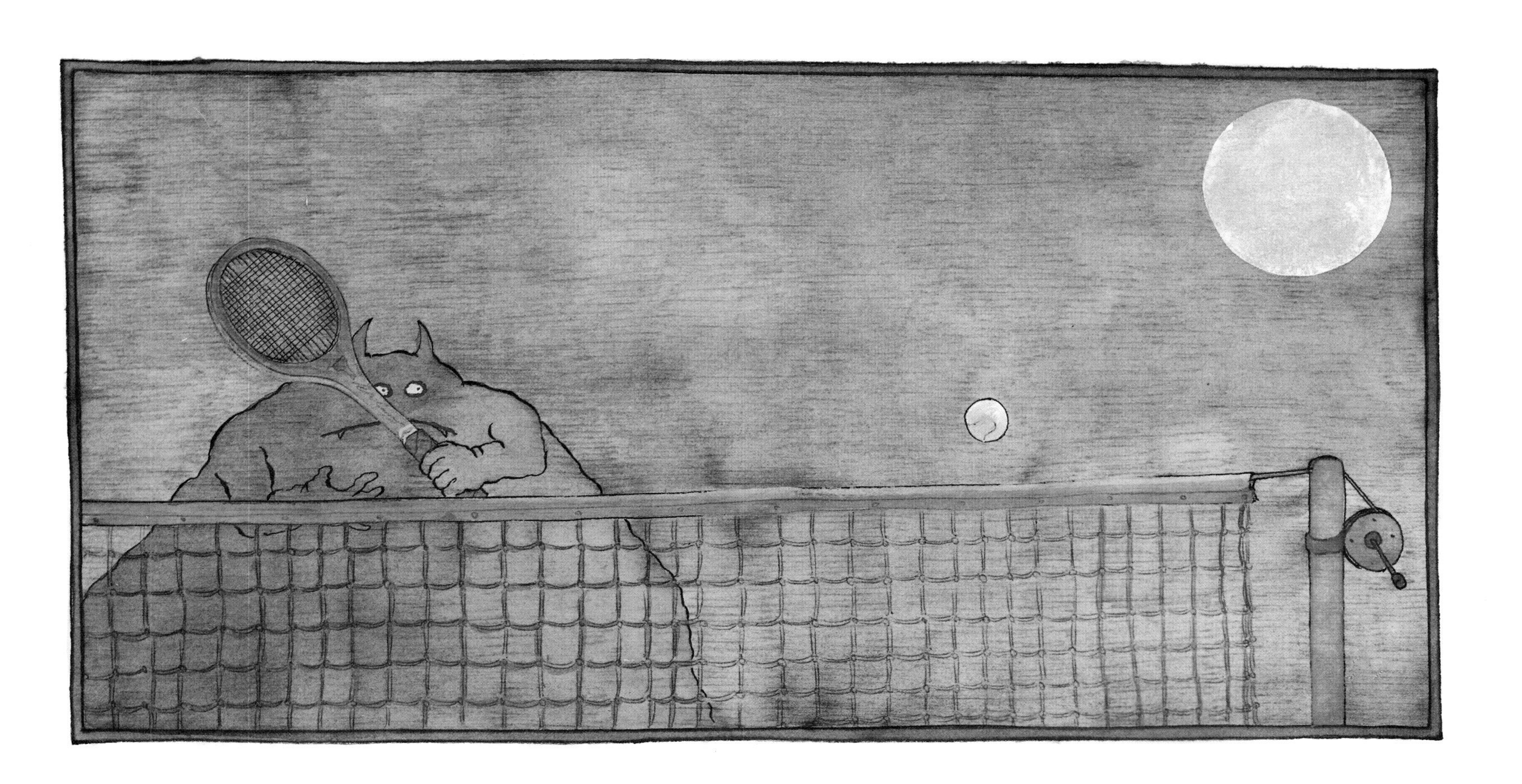

WIR MÜSSEN DRAUSSEN
BLEIBEN!

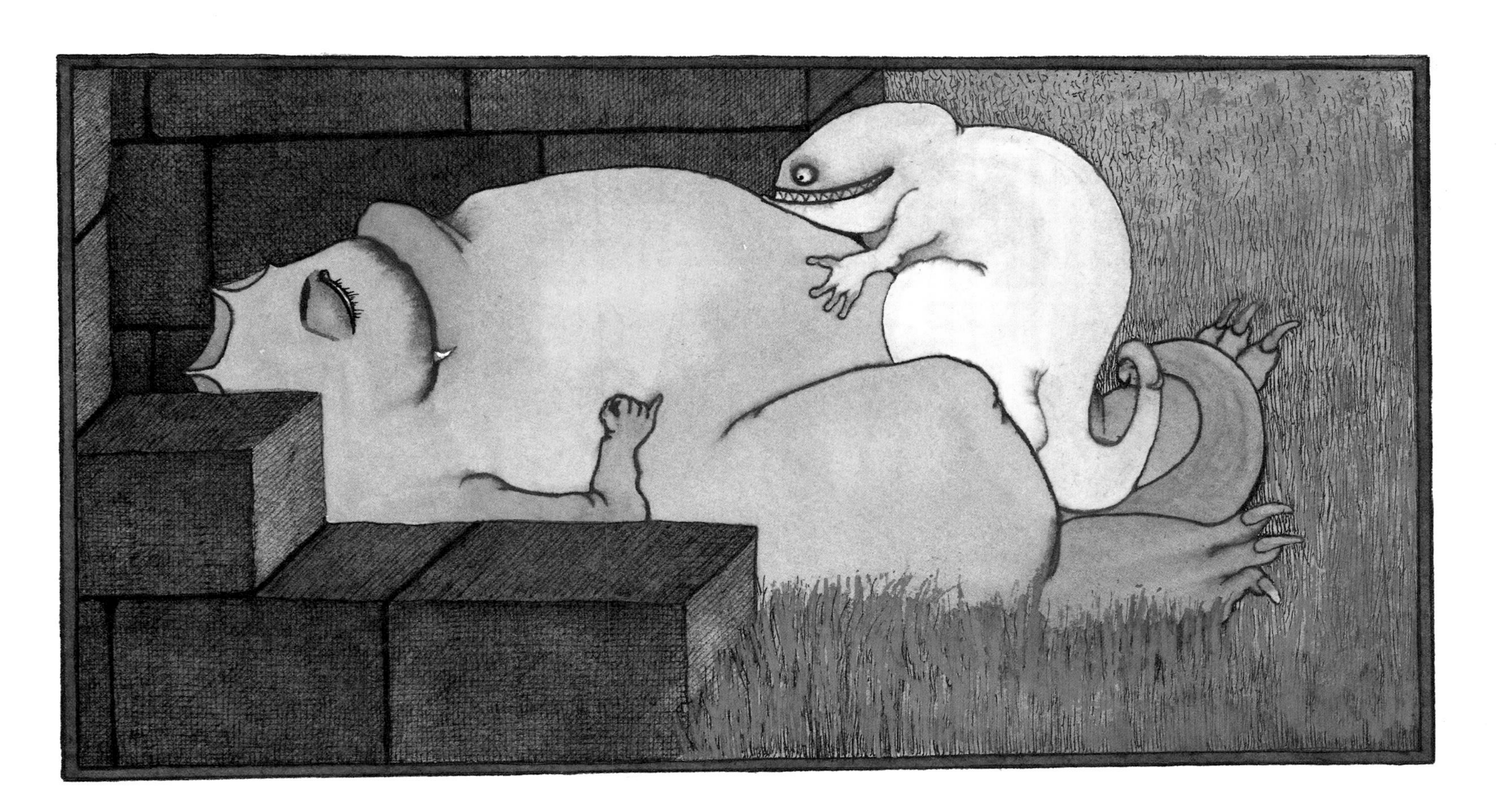

1

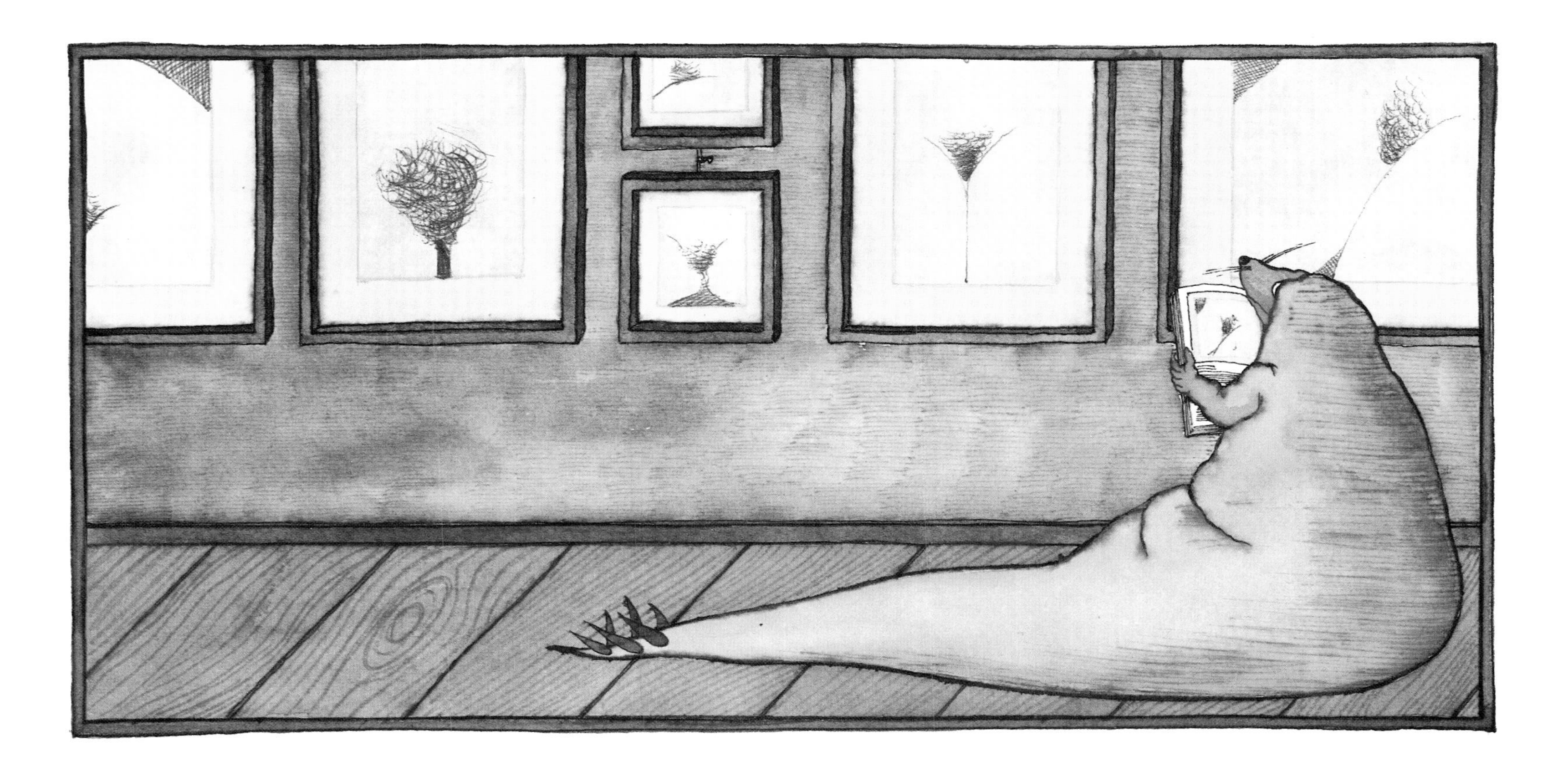

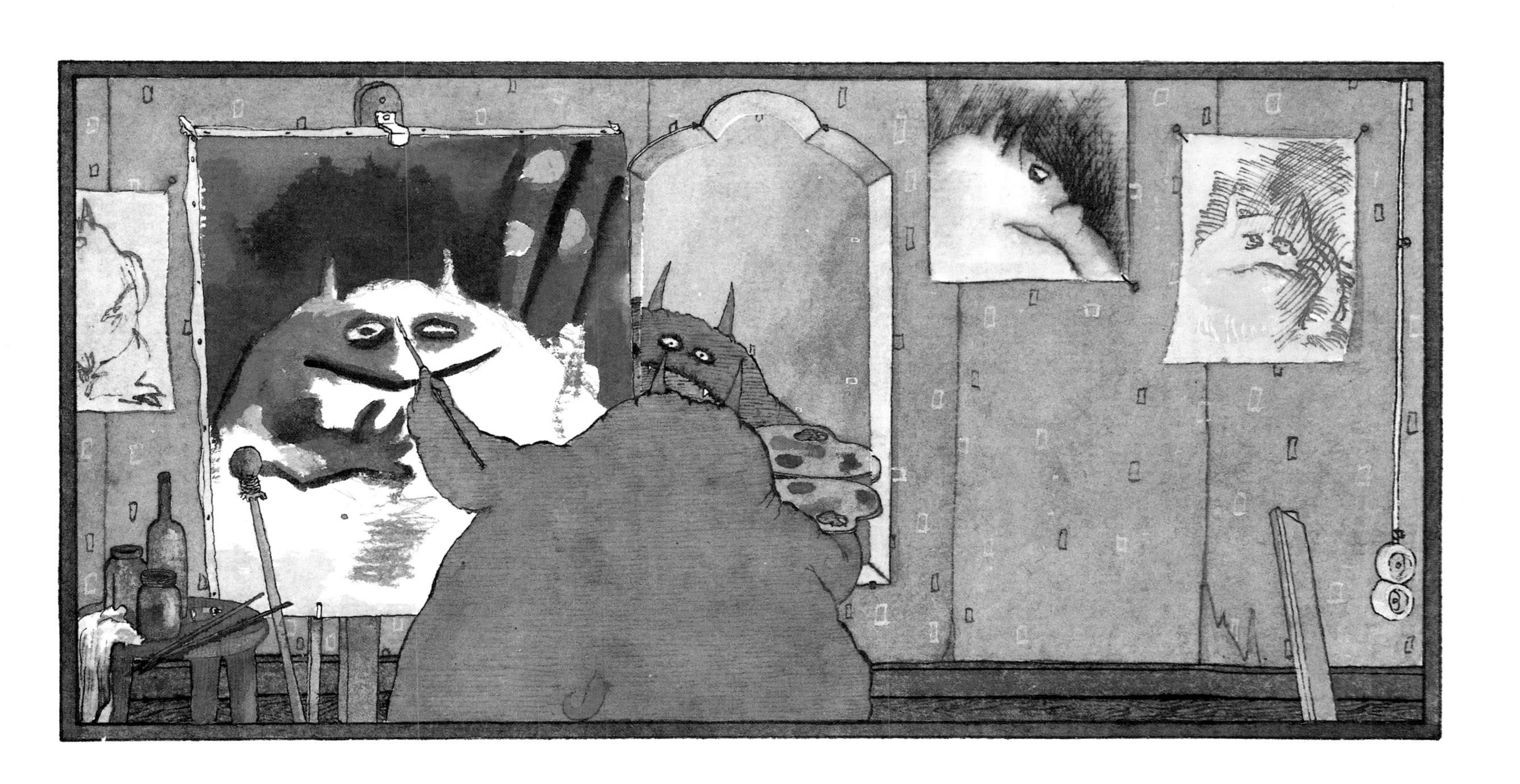

19
STAMMTISCH
09

Reproduktion: Litho Köcher, Köln
Druck: Rasch, Bramsche
Buchbinderische Verarbeitung: Boss-Druck, Kleve

Printed in Germany ISBN 3-7701-1289-X